小貓頭鷹的蛋

幫助即將有弟弟妹妹的小小孩克服焦慮

黛比·格里奧里（Debi Gliori）著　艾莉森·布朗（Alison Brown）繪　李雅茹 譯

貓頭鷹媽媽有個令人
非常興奮的消息。
她剛產下了一顆蛋。

「你猜猜怎麼著？」小貓
頭鷹的媽媽說：
「我們就要有一隻新
的貓頭鷹寶寶了！」

「不ㄅㄨ！」小ㄒㄧㄠ貓ㄇㄠ頭ㄊㄡ鷹ㄧㄥ說ㄕㄨㄛ。

「不ㄅㄨ

不ㄅㄨ、

不ㄅㄨ！」

「不ㄅㄨ？」貓ㄇㄠ頭ㄊㄡ鷹ㄧㄥ媽ㄇㄚ媽ㄇㄚ問ㄨㄣ。

「不ㄅㄨ！」小ㄒㄧㄠ貓ㄇㄠ頭ㄊㄡ鷹ㄧㄥ說ㄕㄨㄛ：「我ㄨㄛ就ㄐㄧㄡ是ㄕ妳ㄋㄧ的ㄉㄜ貓ㄇㄠ頭ㄊㄡ鷹ㄧㄥ寶ㄅㄠ寶ㄅㄠ，妳ㄋㄧ不ㄅㄨ需ㄒㄩ要ㄧㄠ一ㄧ隻ㄓ新ㄒㄧㄣ的ㄉㄜ貓ㄇㄠ頭ㄊㄡ鷹ㄧㄥ寶ㄅㄠ寶ㄅㄠ。」

貓ㄇㄠ頭ㄊㄡ鷹ㄧㄥ媽ㄇㄚ媽ㄇㄚ眨ㄓㄚ眨ㄓㄚ眼ㄧㄢ睛ㄐㄧㄥ。
「我ㄨㄛ真ㄓㄣ傻ㄕㄚ！」貓ㄇㄠ頭ㄊㄡ鷹ㄧㄥ媽ㄇㄚ媽ㄇㄚ說ㄕㄨㄛ：「你ㄋㄧ說ㄕㄨㄛ的ㄉㄜ沒ㄇㄟ錯ㄘㄨㄛ。況ㄎㄨㄤ且ㄑㄧㄝ，這ㄓㄜ顆ㄎㄜ蛋ㄉㄢ太ㄊㄞ安ㄢ靜ㄐㄧㄥ了ㄌㄜ，不ㄅㄨ像ㄒㄧㄤ是ㄕ貓ㄇㄠ頭ㄊㄡ鷹ㄧㄥ寶ㄅㄠ寶ㄅㄠ。」

……或許這會是一隻蟲寶寶。蟲寶寶通常很安靜而且要求不多，只要偶爾給他們一碗土就好了……這豈不是很棒嗎？

不能是一條扭來扭去的蟲！

噁！

貓頭鷹媽媽露出微笑。
「不？」她說：「你說的沒錯。這顆蛋沒有在扭來扭去。或許它根本是一顆用巧克力做成的假蛋……」

「……很棒吧？」

「才不呢！」小貓頭鷹說。「巧克力蛋不好玩，它們不會跟你玩，而且還會在你擁抱它們的時候融化。」

貓頭鷹媽媽戳了戳蛋。
「你說的沒錯。這顆蛋太冷了，不可能是用巧克力做的。可憐的蛋，你摸摸看——它簡直要結冰了。」

我在想我們是不是要有一隻企鵝寶寶了。天啊！我們最好趕快去抓一些魚來當晚餐。

「不ㄅㄨ！」

小ㄒㄧㄠˇ貓ㄇㄠ頭ㄊㄡˊ鷹ㄧㄥ尖ㄐㄧㄢ叫ㄐㄧㄠˋ。

「不ㄅㄨˋ能ㄋㄥˊ是ㄕˋ

一隻企鵝！魚？那很噁心耶！

貓頭鷹媽媽輕輕的拍了拍蛋。「我真是個傻媽媽——企鵝的蛋是溫暖的，鱷魚的蛋才是冷的。這就對了！我們要有一隻**鱷魚寶寶**了。不知道他們都吃什麼？」

小ㄒㄧㄠˇ貓ㄇㄠ頭ㄊㄡˊ鷹ㄧㄥ瞪ㄉㄥˋ大ㄉㄚˋ了ㄌㄜ˙眼ㄧㄢˇ睛ㄐㄧㄥ。

「不ㄅㄨ──不ㄅㄨ──不ㄅㄨ！」小ㄒㄧㄠ貓ㄇㄠ頭ㄊㄡ鷹ㄧㄥ小ㄒㄧㄠ小ㄒㄧㄠ聲ㄕㄥ的ㄉㄜ說ㄕㄨㄛ：
「不ㄅㄨ能ㄋㄥ是ㄕ一ㄧ隻ㄓ鱷ㄜ魚ㄩ寶ㄅㄠ寶ㄅㄠ。」

「應ㄧㄥ該ㄍㄞ不ㄅㄨ是ㄕ，」貓ㄇㄠ頭ㄊㄡ鷹ㄧㄥ媽ㄇㄚ媽ㄇㄚ
也ㄧㄝ小ㄒㄧㄠ小ㄒㄧㄠ聲ㄕㄥ的ㄉㄜ說ㄕㄨㄛ：「這ㄓㄜ是ㄕ一ㄧ顆ㄎㄜ
很ㄏㄣ大ㄉㄚ的ㄉㄜ蛋ㄉㄢ，太ㄊㄞ大ㄉㄚ了ㄌㄜ，不ㄅㄨ可ㄎㄜ能ㄋㄥ
是ㄕ鱷ㄜ魚ㄩ蛋ㄉㄢ。或ㄏㄨㄛ許ㄒㄩ這ㄓㄜ是ㄕ……」

「一隻大象！」小貓頭鷹大叫。

「如果是就太棒了！我們能夠

一起玩打水仗。」

「不ㄅㄨˋ！」貓ㄇㄠ頭ㄊㄡˊ鷹ㄧㄥ媽ㄇㄚ媽ㄇㄚˋ說ㄕㄨㄛ：
「不ㄅㄨˋ、不ㄅㄨˋ、不ㄅㄨˋ！
想ㄒㄧㄤˇ想ㄒㄧㄤˇ我ㄨㄛˇ們ㄇㄣˊ的ㄉㄜ鳥ㄋㄧㄠˇ巢ㄔㄠˊ，
那ㄋㄚˋ會ㄏㄨㄟˋ是ㄕˋ一ㄧˋ場ㄔㄤˇ大ㄉㄚˋ災ㄗㄞ難ㄋㄢˋ。」

「哦！不！妳是對的。」
小貓頭鷹小小聲的說：
「況且大象不會飛，
不過龍可以。哇哦！
我好希望它是一顆**龍蛋**喔！」

「老天，絕對不可以！」
貓頭鷹媽媽尖叫大喊。
「不行！不行！不行！」

「可是這是一顆很美麗的
蛋，」小貓頭鷹說：「所
以，它裡面一定是很特別
的東西。」

「或許它是一隻

蟲巧克力鱷魚象

龍貓頭鷹公主寶寶。」

「嗯！我聽說它們只吃非
常特別的食物。像是有八
十隻腳的鼻涕豆跟綠色黏
糊糊的漱口瓜。」

「聽ㄊㄧㄥ起ㄑㄧ來ㄌㄞ很ㄏㄣ糟ㄗㄠ糕ㄍㄠ。」
貓ㄇㄠ頭ㄊㄡ鷹ㄧㄥ媽ㄇㄚ媽ㄇㄚ呻ㄕㄣ吟ㄧㄣ的ㄉㄜ說ㄕㄨㄛ道ㄉㄠ。

「妳知道嗎？」小貓頭鷹繼續說：「我想一隻跟我一樣的**貓頭鷹寶寶**，應該會比一隻蟲巧克力鱷魚象龍貓頭鷹公主寶寶好玩多了。」

「沒錯！」貓頭鷹媽媽說：「我們會喜歡一隻貓頭鷹寶寶勝過其他任何的寶寶。」

接著，小貓頭鷹用他的翅膀環住蛋，
給了它一個擁抱。

蹭～

蹭～

蹭～

「我們的蛋什麼時候才會孵出來?」小貓頭鷹問。

「很快就會孵出來的。」貓頭鷹媽媽回答。

「如果它是一隻新的貓頭鷹寶寶，那我就會是一隻新的貓頭鷹哥哥。」

「沒錯！」貓頭鷹媽媽回答。「你會是我的新貓頭鷹哥哥，我會永遠愛你。」

「永遠？」
小貓頭鷹問。

「永ㄩㄥˇ遠ㄩㄢˇ。」貓ㄇㄠ頭ㄊㄡˊ鷹ㄧㄥ媽ㄇㄚ媽ㄇㄚ回ㄏㄨㄟˊ答ㄉㄚˊ。

作者　黛比・格里奧里（Debi Gliori）

黛比・格里奧里是一位備受喜愛的暢銷作家兼插畫家。她出版了超過75本童書並曾獲得多項大獎提名。其中包括英國凱特格林威獎（兩次）以及蘇格蘭藝術協會獎。自黛比的第一本書於1990年出版以後，她就不斷創作出許多成功的作品，多到已經數不清的程度。她的作品有《無論如何》（*No Matter What*）、《颱風天》（*Stormy Weather*）與《最可怕的事》（*The Scariest Thing of All*）等等。

插畫　艾莉森・布朗（Alison Brown）

艾莉森・布朗在利物浦學習美術，並在畢業後成為一位平面設計師。她是《華爾街日報》、《出版者周刊》與暢銷書《日日夜夜我愛你》（*I Love You Night and Day*）、《絕不讓你走》（*I'll Never Let You Go*）、《我會永遠愛你》（*I'll Love You Always*）與《雪熊》（*Snowy Bear*）的插畫家。艾莉森現今居住在英國。

譯者　李雅茹

畢業於國立臺北大學，曾在高中和大學時期分別赴日本與美國擔任交換學生，喜歡學習不同的語言和文化。多益成績為980分，目前也是TED Talks的字幕翻譯志工。

小貓頭鷹的蛋

幫助即將有弟弟妹妹的小小孩克服焦慮

作者 — 黛比·格里奧里（Debi Gliori）

繪者 — 艾莉森·布朗（Alison Brown）

譯者 — 李雅茹

發行人 — 楊榮川

總經理 — 楊士清

副總編輯 — 黃惠娟

責任編輯 — 蔡佳伶

出版者 — 五南圖書出版股份有限公司

地址：106台北市大安區和平東路二段339號4樓

電話：(02)2705-5066　　傳眞：(02)2706-6100

網址：http://www.wunan.com.tw

電子郵件：wunan@wunan.com.tw

劃撥帳號：01068953

戶名：五南圖書出版股份有限公司

法律顧問：林勝安律師事務所　林勝安律師

出版日期：2019年1月初版一刷

定價：新臺幣280元

國家圖書館出版品預行編目資料

小貓頭鷹的蛋 / Debi Gliori作；Alison Brown繪；李雅茹譯. -- 初版. -- 臺北市：五南，2019.01
面；　公分
ISBN 978-957-763-250-0 (精裝)
859.6　　　　　　　　　107023791